Armadillo, el chismoso

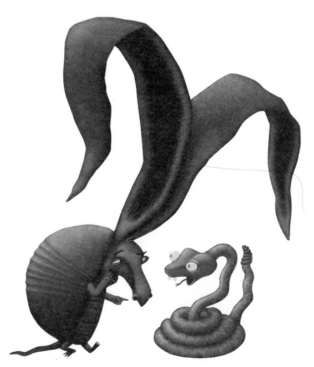

por helen ketteman • ilustrado por keith graves

SCHOLASTIC INC.

New York Toronto London Auckland Sydney
Mexico City New Delhi Hong Kong Buenos Aires

En los tiempos de Maricastaña (o sea, en el comienzo de los comienzos), las orejas de Armadillo eran tan largas como las de un conejo y tan anchas como los cuernos de un toro. Con estas orejas fenomenales, Armadillo podía oír lo que él quisiera, es decir, podía oírlo todo.

Y lo que más le fascinaba era espiar a los otros animales y andar contando chismes de cuanto había oído.

Aunque sus orejas eran excelentes para oír, se arrastraban en el barro, se pegoteaban cuando llovía y casi siempre le hacían tropezar. Así es que Armadillo era el más lento de todos los animales.

¡no dillos!

Los demás animales no lo querían porque
siempre andaba contando chismes. Por eso lo
dejaban atrás cuando iban a la laguna.

Armadillo era el último en llegar, y el agua
que quedaba siempre estaba sucia y apestosa.
Como el agua era tan inmunda y se podía poner
mal de la barriga, él trataba de no tomar mucho,
y siempre se quedaba con sed.

Un buen día, mientras Armadillo andaba buscando un poco de agua por ahí, se quedó escuchando una conversación entre doña Penacho y doña Tortuga:

—Las plumas de don Azulejo no están muy brillantes por estos días. Me preocupa que el pobre esté enfermo. Mañana lo iré a visitar, a ver si necesita algo.

Pero Armadillo se adelantó, fue derechito a ver a don Azulejo y, moviendo la colita, le contó todo:

—Oí a doña Penacho hablando de ti —dijo con su vocecita cantarina—. Dijo que te ves muy mal.

Don Azulejo chilló y pataleó, graznó y se desgañitó, y armó un berrinche de padre y muy señor mío.

¡CUARRACUACUA!

¡CUACUAAAA!

¡CUAAAAA!

Cuando doña Penacho supo lo que había ocurrido, fue derechito a reclamarle a Armadillo.

—¡Lo que le dijiste a don Azulejo no es verdad! ¡Y, para que sepas, yo no estaba hablando contigo! —lo regañó. Y se puso a darle un sermón, y le dio sus razones contantes y sonantes, y le dijo que el que las hace, las paga, y que patatín y que patatán.

Armadillo se puso a llorar unas lagrimotas grandotas de armadillo, y prometió no volver a meterse en líos contando chismes.

Pero al día siguiente, mientras andaba rebuscando en el barro un poco de agua, Armadillo se escondió detrás de una mata y se puso a escuchar una conversación entre doña Rata y doña Mariposa.

—Los cascabeles de doña Cascabel antes se oían muy desafinados, pero ahora suenan divinamente. Debe estar tomando lecciones de música —dijo doña Rata.

Armadillo fue dando tropezones hasta el lugar donde dormía plácidamente doña Cascabel. Se puso a dar saltitos de una pata a la otra en esa forma tan peculiar en que andan los armadillos. Doña Cascabel abrió un ojo y vio a Armadillo sonriendo.

—¿Sabes? —dijo Armadillo—. Por casualidad oí a doña Rata hablando de ti. Dijo que tus cascabeles suenan muy desafinados.

Doña Cascabel cascabeleó y se alteró, se incomodó y se enojó, y armó un berrinche de padre y muy señor mío.

¡PSSSSss! ¡PSASSssss!

¡PsaRRrRraaaaSssss!

Cuando doña Rata se enteró del incidente, fue derechito a ver a Armadillo.

—Tú diste vuelta a mis palabras, ¡y dijiste algo que yo no había dicho! —chirrió—. ¡Y además, yo no estaba hablando contigo! —y diciendo esto, sacudió su cola con furia y se puso a darle un sermón, y le dio sus razones contantes y sonantes, y le dijo que el que las hace, las paga, y que patatín y que patatán.

Armadillo lloró tanto que llenó tres cubetas, y
prometió nunca, jamás de los jamases, volver a
decir chismes.

Pero al día siguiente, cuando se arrastraba buscando agua para beber, Armadillo vio a don Cocodrilo y a doña Garza hablando, y se quedó quietecito escuchando detrás de una roca.

—La piel de don Sapo se ve mucho mejor que antes. Me pregunto si habrá cambiado su dieta —dijo don Cocodrilo.

Armadillo salió arremangándose las orejas en busca de don Sapo.

—Escuché a don Cocodrilo diciendo que tu piel se ve fea por la hinchazón y que tendrías que ponerte a dieta —dijo guiñando un ojo.

Don Sapo saltó y pateó, se revolcó y
lloriqueó, y armó un berrinche de padre y
muy señor mío.

Cuando don Cocodrilo supo lo que había dicho Armadillo, se fue inmediatamente a buscarlo.

—¿Por qué le dijiste eso a don Sapo? ¡Yo nunca dije esas cosas! —le espetó—. ¡Y de todas maneras, yo no estaba hablando contigo!

Y se puso a darle un sermón, y le dio sus razones contantes y sonantes, y le dijo que el que las hace, las paga, y que patatín y que patatán.

—Y ahora —le dijo— yo te voy a arreglar las orejas... ¡para
que nunca más puedas andar escudriñando y contando chismes!

Y abriendo su bocaza y haciendo rechinar los dientes,
dio un tremendo bufido.

Y entonces mordisqueó aquí y recortó allá, hasta que
las orejas de Armadillo quedaron chiquitiiiiiiiiiitas,
chiquitiiiiiiiiiitas.

Cuando don Cocodrilo terminó, Armadillo se miró en el charco... ¡sus orejas estaban requetechiquititas!

Y, por supuesto, se puso a llorar amargamente, y armó tal escándalo que todos vinieron a ver qué le había pasado. Cuando vieron sus orejas –sus nuevas orejas chiquitas–, se quedaron mirándolo, con sus bocas y picos abiertos, y se pusieron a cuchichear entre sí.

Armadillo dejó de llorar.

–Y ustedes, ¿qué están cuchicheando?

Todos se quedaron atónitos, puesto que por primera vez en su vida, Armadillo no los había podido oír.

—No estábamos hablando contigo —le contestó doña Rata. Armadillo se puso colorado.

—Eso último sí que lo oí —dijo, mientras perseguía a doña Rata. En unos pocos segundos, Armadillo la alcanzó.

—¿Vieron eso? ¡Armadillo corre como una liebre! —gritó doña Rata.

—¡Y sin tropezarse! —agregó don Azulejo.

—Caramba... ¡es tan rápido que no lo podremos dejar atrás cuando vayamos a la charca! —dijo doña Cascabel.

Armadillo se tocó las orejas chiquititas y pensó un momento:

—¡La charca! ¡Agua fresca! —gritó—. ¡Eso es justo lo que quiero! ¡Qué fantástico es poder correr a toda velocidad! —y se fue corriendo y saltando, zigzagueando y dando vueltas a toda carrera hasta la charca, donde se hartó de agüita fresca y limpia.

—¡Ya nunca más tendré que pasar sed! —prometió, y esto sí que lo cumplió.

Tambien dejó de contar chismes porque, aunque podía oír bien con sus nuevas orejas chiquitas, no podía meterse en las conversaciones de los demás.

Es por eso que, hasta el día de hoy, los armadillos tienen las orejas pequeñas y siempre se sacian de agua fresca. Y tú podrás esconderte en las matas y escuchar las conversaciones ajenas todo lo que quieras, pero nunca, jamás de los jamases, sorprenderás a un armadillo contando chismes.

A mi querida amiga Julie Cowan,
con gratitud, admiración y todo mi cariño,
–H. K.

A Nancy.
–K. G.

Originally published in English as *Armadillo Tattletale*

Translated by Miriam Fabiancic.

ISBN 0-439-55119-6

12 11 10 9 8 7 6 5 4 3   3 4 5 6 7 8/0

Printed in the U.S.A.   40

First Spanish printing, September 2003

La tipografía se hizo en estilo Heatwave tamaño 21.
Las ilustraciones se realizaron en pintura acrílica, tinta y lápices de colores.
Letras diseñadas y pintadas por Keith Graves.
Diseño del libro por Kristina Albertson.